먹고 놀고 잘 때 제일 행복한

에게

이 책을 선물합니다!

오늘은 그냥
즐거워도 돼!

오늘은 그냥 즐거워도 돼!

Mr. Fox의 #먹고놀고자고그램

글·그림 김희겸

위즈덤하우스

contents

소심해도 귀엽고 명랑하게

대학원을 졸업하고 구직기간에 다시 시작한 그림. 당시엔 초조하기도 하고 심심하기도 해서 무작정 그날그날 먹었던 음식을 그려서 텀블러에 올리기 시작했습니다. 그러길 몇 달 남짓 취직을 하고 회사 일을 시작하면서도, 저녁이면 조금씩 끼적이던 게 여기까지 오게 되었어요. 항상 음식만 그리다가 어느 순간 이것저것 다른 것들도 그리기 시작했습니다. 그러다 어느 날 '요즘 여우가 인기가 많은 거 같던데 나도 여우나 한번 그려볼까' 하고 시작한 것이 미스터 팍스(Mr. Fox)의 시작이었네요. 스케치북에 '우산을 들고 있는 여우', '낚시하는 여우', '버스 기다리는 여우', '책 읽는 여우'를 그렸습니다. 머릿속에 그려진 미스터 팍스는 도시에 살지만 조용한 것을 좋아하고, 소심하고 섬세한 면도 있고 덜렁거리며 먹을 거를 좋아하는 그런 캐릭터였습니다.

인스타그램의 100 Days Project에 미스터 팍스 에피소드로 동참하면서 내가 겪은 일, 평소에 생각했던 일, 주변에서 들은 이야기들을 풀어냈습니다. 이 책은 뉴욕에서 회사를 다니는 미스터 팍스의 일상을 담아냈습니다. 출근길 지옥철에서 기운을 빼고, 매일 점심메뉴 고민을 하고, 그러다가 초콜릿 한 조각에 행복해하는 소시민 미스터 팍스의 모습을 그려보았습니다. 고차원적인 고민은 하지 못하지만 러닝머신 위에서 '오늘은 베이글을 먹을까? 살 빼야 하는데 괜찮을까?'와 같은 온갖 잡생각과 걱정을 하는 소심쟁이 미스터 팍스!

귀엽고 매력 넘치는 미스터 팍스의 하루하루를 함께 지켜봐주세요.

#0 월화수목금토일

저거 발끝으로 쓱쓱 문지르면
지워지지 않을까?
남김없이 깨끗이 지우고 싶군.

Tuesday

화요일이 월요일보다 더 힘든 거

나만 그런가요?

Wednesday

수요일만 지나면
일주일이 그냥 또 훅 지나가는 느낌이지.

Thursday

괜히 웃음이 멈추지 않는 목요일!
하루만 더 있으면 금요일!

조금만 더 참자.

Friday

오오오!

오오오~

시간이 아까워서 잘 수가 없다!

Saturday

룰루랄라!

일주일 중 가장 기분 좋은 날.
신나게 놀아야지.

Sunday

주말은 항상
너무 빨리
지나가지...

아
쉬
운

마
음

주말은 왜 항상 이렇게
빨리 지나가는지.

#1 출근길에도 퇴근이 하고 싶어!

그래픽디자이너입니다.
마케터들 사이에서 한구석에 둥지를 틀고
이것저것 **뚝딱뚝딱** 만들어내어
오늘도 빵 살 돈을 벌고 있습니다.

아침에 일어나는 게 힘들지 않은,
아침 출근길의 여유를 즐길 줄 아는,
언젠가는 꼭 되고 싶은,
아침형 인간……

COFFEE

DON'T TALK to ME!

BREAKFAST BAGEL

But

한 손에는 졸음 방지용 커피,
다른 손에는 베이글 봉지를 꼭 쥐고
검은 기운을 내뿜으며 출근 중.

아침 출근 지하철역(정어리 변신 전)

"아직은 그래도 멀쩡한 편."

뉴 욕 의 지 옥 철

출퇴근 시간 지옥철은 뉴욕이나 서울이나 마찬가지.
열차 한 대가 들어오면
정어리* 떼처럼 우르르르 입구를 향해 몰려든다.

* "이 동네에선 샌드위치처럼 끼었다는 표현을 정어리캔(sardine can) 같다고 한답니다."

아침 출근 지하철 안(정어리 변신 후)

"아, 살려줘~"

커피가 절실한 월요일 아침.

이런 날은 그냥 따뜻한 커피에
찌뿌둥한 몸을 푸욱 담그고 싶어.

시도 때도 없이 물어보는 'how are you?'
(사실은 하나도 안 궁금하면서!)
오피스 공식 대화 스타터.

나도 한번 남발해볼까.

"how are you?"

여름이 좋아

여름이 좋은 이유.

아이스커피.
그리고 4월부터 손꼽아 기다리는
Summer Friday*!

굳이 어디 놀러 가지 않아도
그냥 하루 일찍 끝난다는 생각에
마냥 신나고 행복하기만 하다.

집에 가는 길에 아이스커피 사서 쪽쪽 빨면서 가야지!

*"뉴욕에 있는 많은 회사들이 5월 마지막 주 월요일 Memorial Day를 기점으로
9월 첫째 주 월요일 Labor Day까지 금요일에 조금 일찍 퇴근하는 Summer Friday를 시행합니다."

SUMMER FRIDAY-!!!

오늘은 점심 때 뭘 먹어볼까나.
피자? 햄버거? 치킨?
혼자 열띤 논쟁을 하며 즐겁게 시작하는 아침 시간.

난 점심이 굉장히 중요한데
샐러드, 샌드위치 반 조각, 수프….
이런 걸로 어떻게 대강 때울 수가 있지?
이런 건 애피타이저지, '식사'가 아니잖아!

41

내가 직접 그린 우리 오피스 주변 레스토랑.

중요하지, 암~

새로 들어온 사람들한테 나눠주면 좋아하려나?

이 나라 사람들은 조금만 좋아도
저렇게 낯간지러운 말들을 날려대니,

몸 둘 바를 모르겠습니다.

이틀 연속 하루 종일 미팅은 힘들다.
어쩌지?
이야기가 꼬리에 꼬리를 물어 자꾸 옆길로 새고 있어.

미팅 중.
아이디어는 안 떠오르고 딴 생각들이 머릿속을 뛰어다닌다.
그 와중에 들어오는 타임스퀘어 뷰.

나도 이렇게 날씨 좋은 날에는
나가 놀고 싶다고!

잊을 만하면 매번 돌아오는
소방훈련(fire drill).

이건 항상 일이 갑자기
집중이 잘 될 때 하더라.

51

며칠 전부터 곧 눈보라가 칠 거라고 여기저기서 난리였다.
만나는 사람마다
"눈이 얼마나 올까?"라며 걱정하던데
나의 관심사는 그날 "오피스가 닫을까? 열까?"였다.

결국 눈 오는 날, 집에서 따뜻한 코코아와 함께 재택근무!
창밖은 눈보라가 휘몰아치지만 나는 그냥 좋다.

이런 날도 있어야지. 그럼~그럼~

다른 사람들 전부 출근하는 날,
난 놀 때!

다른 사람들 전부 회사에 있을 때,
난 침대에 있을 때!

다른 사람들 전부 일하고 있는 시간에
난 빈둥거리고 있을 때!

"Excellent!"
(심슨의 미스터 번즈 목소리로)

뉴욕에 산 지 꽤 됐어도 영어는 여전히 숙제다.
가끔 말이 뇌를 안 거치고 헛나갈 때가 있는데,

"Thank you"라고 했는데
"you too"라고 대답한다든지,

아침에 잠깐 만나고 헤어지는데
"good night"이라고 한다든지,

항상 뒤돌아서면 '아차!' 하고 부끄러움이 밀려온다.

그날은 하루 종일 이불킥.

이럴 수가! 올해는 어떻게 공휴일이 이리도 적을 수가 있지?
뭔가 착오가 있었던 것 아닐까요?
그렇지 않고서야 이렇게 적을 수가 없습니다!

추운 날씨,
출근길에는
바람 한 줄기 안 들어가게
꽁꽁 싸매자!

오후 세 시쯤이면 어김없이
여기저기서 들려오는 소리,

"empanada.",
"empanada?",
"EMPANADA!"

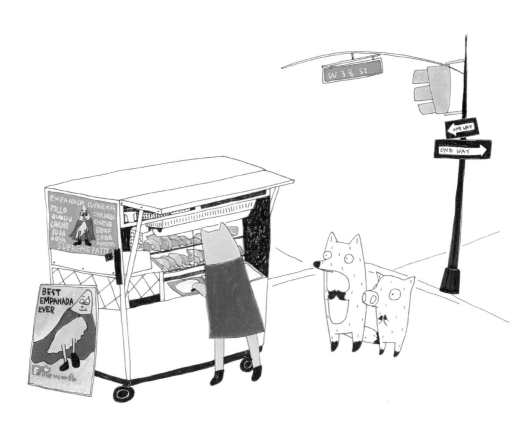

나른한 오후 시간의 한 줄기 단비 같은 존재.
이 소리가 들리면 우르르 몰려 내려가서 한 개씩 사 들고 올라옴.
아, empanda*를 먹는 이 시간만큼은 행복해!

* "empanda는 스페인식 군만두로 고소한 기름 냄새가 후각을 자극합니다."

흠…. 회사에서 또 어디 루프탑에서
무슨 이벤트를 한다는데….
먹을 것 좀 많이 주면 안 되나요?

간에 기별도 안 가는
미니어처 사이즈 햄버거,
3센티미터도 안 되는 피자 조각,
비엔나 소세지 핫도그….

이것도 자리 잘못 잡으면
한 개도 못 얻어먹을 때가
비일비재하니….
먹을 게 돌고 있는 기미가 보이면
필사적으로 쫓아가서 집어 와야 해.

이건 마치 하나라도
더 먹으려는 자들의 서바이벌 게임.

핼러윈 날이 되면 핼러윈 코스튬을 입고 오라고 공문이 날아온다.

아, 세상에서 제일 귀찮아.

굳이 이것저것 필요 없는 물건도 사야 되고,
아이디어도 생각해야 되고.

저 그냥 일하면 안 될까요?

FOXKENSTEIN   MR. TOILETPAPER   MR. FOXULA

"I don't wanna do anything attitude!"

아무것도 하기 싫은 날이 있지.
나도 가끔은 다 내려놓고 뒹굴뒹굴만 하고 싶다고.

피곤해 보인다고?
어, 어, 그래?
나 어제 열 시간 잤는데….
오늘 아침에 나름 신경 좀 쓰고 나왔는데.
나 지금 아주 쌩쌩한데.

거참….

#2 내 행복은 내가 만들어볼래!

나는 장보기를 참 좋아한다.
이것저것 구경하면서 필요한 거 고르고,
예쁜 거 보면서 즐기는 게
스트레스 해소법이라고나 할까.

헐, 아보카도 세일하네!
잼은 역시 딸기잼이지.
오오, 유기농 달걀이 4불밖에 안 해?

오예!

TRADER JOE'S

오늘의 포획물을 바리바리 싸들고 행복한 Mr. Fox

빨래할 때 좋은 점

세탁기 없는 생활을 한 지 어언 8년.

빨래하는 날이면
빨랫감을 들고 20층에서 1층까지
오르락내리락 몇 번을 해야 하니
반가운 날일 수가 없지.

그래도 드라이어에서 갓 꺼낸
뽀송뽀송하고 깨끗한 옷에 얼굴을 부비면
그때만큼은 기분이 좋아.

〈빨래 건조기 사용 전〉

〈빨래 건조기 사용 후〉

〈식기세척기 사용 전〉

버튼만 누르면
알아서 설거지하고
건조까지 해주는
나의 소중한 친구,
식기세척기.

너 없이 어떻게 살았을까.

〈식기세척기 사용 후〉

일 년에 한두 번 찾아오는 '샐러드 먹고 싶은 날!'
샐러드를 먹을 때면 정말 뉴요커가 된 것 같단 말이지.
그런 날이면 동네방네 소문 다 내고,
샐러드 사서 들고 오는 길은 왠지 우쭐우쭐~
(비록 샐러드에 수프를 먹을 거고, 두 시간 후면 배가 고파질 거고,
그럼 또 무언가를 먹지만⋯.)

Chocolate dipped strawberry!

사랑과 관심은 나눠야 한다는 건 알겠는데,
이건 너무 맛있어서 못 나누겠다.
옜다. 선심 써서 한 개!
나머지는 다 내 거.

"자~ 한 개.
나머지는
내 거!"

이번 주말엔 좀 나가야겠다.
박물관도 좀 가고,
갤러리도 좀 가고,
새로운 전시도 보고.

신난다!

하지만 실제로는···.

온종일 소파에서 시간 때우기.

"박물관은 무슨~ 여기가 천국이로다~"

몇 년 전부터 운전면허증을 따야 한다는 압박감이 생겼는데,
이런저런 이유로 자꾸 미루게 된다.

하아~
이래서야 언제쯤 범퍼카 말고
진짜 운전을 할 수 있을까.

날씨가 쌀쌀해지기 시작하니
오늘은 애플 사이다를 마셔볼까?

진짜 사과를 넣고 만들려면 복잡하고 귀찮으니까
사과쥬스를 사다가 거기에
cinnamon stick, nutmeg, allspice를 넣고 끓여보자!

따끈따끈하고 계피향 나는 apple cider 완성!
소파에 앉아 따뜻한 햇살 받으면서 홀짝홀짝~

최고의 주말 완성이지. 캬!

apple
cider

ALLSPICE

CINNAMON

APPLE JUICE

GROUND
Nutmeg

NUTMEG

이럴 수가! 월요일 아침 9시 반인데!
텅 비어 있을 줄 알고 느긋하게 왔는데!
이 사람들은 다 출근 안 하고 왜 여기에 있는 거지?
나처럼 휴가 낸 사람들이 이렇게 많은 거야?

진짜?

아아아아. 안 내려간다. 안 내려가.
매번 lady's push up을 하는 건 나 하나.
저기 쟤는 밑으로 쭉 내려갔다 쑥 올라오는데!
저기 쟤도! 쟤도!

이번 생엔 불가능한 걸까. 하.

PUSH UP VS LADY'S PUSH UP

사실 나는 조금이라도 더 먹기 위해
운동이라는 걸 한다.

오늘도 열심히 허벅지를 불 태워볼까.

오늘부터 2주 휴가다!
아침 8시에 일어나서 매일 요가도 가고,
책상도 깨끗하게 치우고,
옷장 정리도 하고,
부엌 캐비닛도 정리하고,
일러스트 작업도 많이 하고,
한동안 못 가본 갤러리도 열심히 돌아다니고 해야지!

완벽해!

이런 포부로 시작했던 휴가.

아침 8시는 무슨.

요란한 알람을 끄고 다시 침대로 기어 들어가고.

왜 요가를 가려고만 하면 비가 오는지.(아니면 비가 올 것 같은지~)

냉장고는 수시로 열었다~ 닫았다~

그러다 보니 낮잠 잘 시간.

누워서 뒹굴뒹굴.

괜히 페이스북 포스팅 하나하나 다 읽어보고.

내가 이렇지, 뭐.

러닝머신만 뛰면
왜 이렇게 생각이 많아질까?
이건 나만 그런 거 아니겠지?

역시 하루를 마감하기엔 요가가 최고지.
근데 왜 자꾸 졸음이 올까?…………

숨을 들이마시고,
내쉬고,
마시고,
내쉬고….

난 방금 숨 들이마셨는데, 내쉬라고 하네?
멈추고
1-2-3-4-5
내쉬고
1-2-3-4-5

헐. 못 참겠다!

말하기 정말 이상하고 웃기지만,
운동 후 근육통. 너무 좋다!
뭔가 했다는 느낌? 살이 빠지고 있다는 느낌?

여름이다!
우히히히~ 룰루랄라.

아이스커피, 캬~
아, 근데 좀 더운데?

흠, 차라리 좀 추운 게 낫겠어.
아, 더워….
겨울이 그립네.

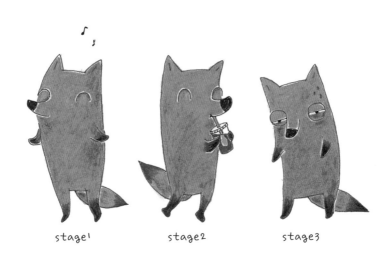

stage1   stage2   stage3

어디에 뒀더라?
분명히 열쇠랑 지갑을 책상 위에서 봤는데 감쪽같이 사라졌어!
난 분명히 거기 둔 것 같은데!

왜 양말은 계속 사라지지?
회색 양말이 다섯 켤레는 있었던 것 같은데 아무리 찾아도 하나도 안 나오네.

거참. 발이 달린 게 분명해.

집에서 발생하는 흔한 미스터리 1

집에서 발생하는 흔한 미스터리 2

드레스를 뭘 입느냐에 따라 내 기분도 달라져.
샤랄라~
오늘은 칵테일 드레스를 입어볼까?

CHICKEN CURRY

WITH EXTRA HOT!
CURRY POWDER

매운 거는
언제나 옳다!

오늘 저녁엔 인도 카레를 만들어보자.
흠, 카레가루가 'extra hot'이네?
그래도 매워봤자 얼마나 맵겠어.
팍팍 넣자. 카레는 매운 게 진리지. 그렇고말고.

카레가루가
매워봤자!
마구
넣어야지.

아!

#3 특별한 걸 발견하는 재미가 있어!

시내를 휘젓다가 우연찮게 발견한 6 ½ 애비뉴*!
6 ½이라니! 뭔가 비밀장소로 통할 것만 같은 이곳에서 셀카 한 장.

*"원래는 사유지인데 6 avenue와 7 avenue의 중간 지점을 51st부터 57st까지 연결해서
보행자만을 위한 거리로 만들었다고 합니다."

친구와 사람도 별로 없고 차도 많이 안 다니는 한적한 거리를 걸어가고 있었는데 저 앞에서
뭔가 후다닥 뛰어가는 게 보였다. 그날, 바퀴벌레가 그렇게 클 수 있다는 걸 알게 되었다.
아직도 그 충격적인 비주얼을 잊을 수가 없다.

정말이지 신발도 신고 있는 것 같았다니까.

F train 14 street 집주인,
Mr. and Mrs. Rat

늦은 밤 텅 비어 있는 지하철역에서 열차를 기다리면
쓰레기통 뒤편에서 스멀스멀 나타나는 무서운 아이들.
디즈니 영화에 나오는 귀여운 '생쥐'가 아니라 몸집이 엄청 큰 '쥐'.

이럴 땐 그들의 시선을 애써 무시하며 최대한 멀리 떨어져 있는 게 상책.

헐! 엘리베이터가 손으로 열려!
사람이 손으로 드르륵 열고 닫는,
영화에서나 보던 그런 엘리베이터.
항상 안에 열어주고 닫아주는 사람이 타고 있다!

한쪽에선 최첨단 고층빌딩이 올라가고
한쪽에선 100년은 됨 직한 건물이 공존하고 있다니….
이것도 뉴욕의 매력인가 보다.

사계절을 지내다 보면 뉴욕에 사는 사람들은 참 날씨에 민감하구나 싶다.
날씨가 조금만 추워지면 모조리 다 패딩을 꺼내 입고,
조금만 더워지면 반팔에 반바지를 꺼내 입고.

그래도 12월에 반팔 입는 건 나만 낯설게 느껴지는 건가?

휘적휘적 걷다가 우연히 발견한 스폰지밥 우체통.

꺄! 스폰지밥!

팬이에요!
제가 여기 있는 거 어떻게 알고 나타나셨나요?
당신을 지금 당장 집에 가져가고 싶네요!

*"알고 보니 영화 개봉을 앞둔 마케팅. 이제는 없어져서 아쉽다."

블루베리 마스크?!

이거 강아지만 받을 수 있나요?
저도 좀 해보면 안 될까요?

햇빛이 따사로워지고 기온이 올라갈 때쯤, 그들이 몰려온다.
공원 잔디밭에 빼곡히 모여 앉아(혹은 누워)
조금이라도 더 태워보겠다며 헐벗고 누워 있는 그들….
보고 있자면 은근 걱정스럽단 말이지.
저기 저 사람은 이미 벌게졌는데!

너
무
나
도

다
른

사
람
들

뉴욕은 다양한 사람들이 모여 있는 곳.
금발머리에 하얀 피부, 파란 눈은 극히 일부분일 뿐.
정말이지 너무나도 다양한 사람들이 돌아다닌다.
그 틈에 나도 은근슬쩍 끼어서 묻어가기.

124

다음 장에서 Mr. Fox를 찾아보세요!

뭐지?

알코올음료는 밖에선 마시면 안 된다더니.
줄만 그어놨지, 저기도 엄연한 '바깥'인걸?

기
다
림

오늘은 내 소포가 왔을까?
기다리다 목 빠지겠네.
미국의 이 배송 시스템.

빨리빨리, 좀.

"온라인 쇼핑하면 일주일은 기본이에요. 이제는 그러려니~"

'Murray's Bagels'
Guilty pleasure!

어떤 걸 먹어야 할지 고르기가 너무 어려운 이 베이글 가게.
1996년에 Greenwich Village에 문을 연, 뉴욕에서 유명한 베이글 가게 중 하나.
종류만 해도 Classic부터 Onion, Everything까지 열다섯 가지나 된다!

내가 제일 좋아하는 베이글은 Everything과 Health Nut!
가게에서 직접 만드는 크림치즈를 바삭하고 따뜻한 베이글에 발라 먹으면!

와우!

오랜만에 'Udon West'로 출동!

"스파이시 튜나동 세트하고, 음…. 감자 크로켓 한 개는 안 해주나요?"

"No."

'그럼… 한 개만 먹고 나머지 한 개는 싸가야지.'

하지만,
감자 크로켓은 너무 맛있었고,
정신없이 두 개를 모두 다 먹어버렸다.

세상에는 맛있는 게 너무 많아.

알
파
카

카
페

'Bibble & Sip'

느낌상 "여긴 분명히 맛있는 델 거야!" 하고 들어갔는데
역시나, 세상에서 최고로 맛있는 크림퍼프를 발견했다!
카페 여기저기에 알파카 그림이 있어서
알파카 카페로 기억하고 있었는데
알고 보니 꽤 유명한 곳이었다. 역시!

그린티 퍼프 한 개, 얼그레이 퍼프 한 개쯤은
앉은 자리에서 먹어 치울 수 있지!

at Bibble & Sip

추수감사절(Thanksgiving) 때 받은 애플파이!
박스는 예뻤지만 맛은 크게 기대 안 했는데….
냉장고에 넣어두었다가 다음날 커피 마시면서
"아, 애플파이나 먹어볼까?" 하고 꺼내서 전자레인지에 살짝 데워 먹으니,

OMG!

애플파이가 원래 이렇게 맛있는 거였구나!
"왜 너를 이제 알았을까?"

한 판을 다 먹어 치우고 더 먹기 위해
'Eileen's Special Cheese Cake' 베이커리를 찾아갔다.

굉장히 아기자기하고 예쁜 공간을 기대하고 갔는데,
웬걸? 허름한 외관에 심지어는 커피도 종이컵에 준다.
역시 외모보다는 내실이 중요한 거야!

Safe Holiday

언제부터 '즐거운 연말 되세요'가 아니라
'안전한 연말 되세요'가 되어버린 걸까.
기차역 전광판에 뜬 연말 인사말을 보고 조금은 씁쓸했던 겨울밤.

* "전 세계적으로 사건, 사고가 많았던 그 해, 더 이상의 비극은 없길 바라는 마음."

앗! 여기가 드라마 블랙리스트 세트장이라고?
저기 가면 배우들을 볼 수 있는 건가?

힝. 뭐야. 벌써 다 짐 싸고 있네.

148

누구는 스타벅스에서 미스터 빅이랑 마주쳤다고 하고,
누구는 일하러 가다가 아이언맨을 만났다고 하던데….

난 언제쯤?

너희들 참 즐거워 보인다?

근데 이쪽으로는 안 와줬으면 좋겠어.
우리 딱 이 정도의 거리를 유지하는 게 어때?

"Don't even think of parking here!"
"여기 주차할 생각은 꿈에도 하지 마!"

뭔가 굉장히 뉴욕스럽다고 생각했다.

겨울이 되면 여기저기 맨홀 구멍에서 올라오는 연기들.
도대체 정체가 뭘까?

노란색 바탕에 연필이 그려진 간판.
간판이 너무 예뻐서 지나가다가 들어갔는데,
연필만 전문으로 판매하는 가게였다.
다양한 종류의 연필들,
연필이 만들어지는 과정을 알려주는 디스플레이,
특이한 연필깎이, 지우개, 노트까지.
예쁘고 아기자기해!

이런 독특하고 사랑스러운 공간.
정말 좋아!

지
하
철
이

이
상
해

큰맘 먹고 나왔는데! 주말이라고 지하철도 쉬려나 보네.
이 동네 지하철은 툭하면 이 라인은 여기 안 서고, 원래는 위로 가던 거 아래로 가고,
심지어는 거꾸로도 간다네?

이래서 주말에 나오기가 겁난다니까.

역시 주말엔 소파가 최고야.

'Broadway Bites'
그들이 돌아왔다!
그들이 돌아왔다는 건 여름이 왔다는 거지!
활기찬 뉴욕의 여름 거리.

신난다!

우에에에~ 난 치즈 향은 좀….
마켓에서 치즈코너를 지나갈 땐, 먼저 숨을 들이마신 후 멈추고 잽싸게 통과.
적응이 되면 냄새나는 치즈가 그렇게 고소하고 맛있다는데.
난 아직 적응이 덜 됐나 보다.

편안한 소파와 따뜻한 슬리퍼,
그리고 맛있는 차 한잔.
이보다 평화로울 순 없을 것 같아!

가끔 생각해본다.
내가 이 직업이 아니었다면,
뭐가 되었을까나?

해양생물학자? 고고학자?
아니면……. 댄서?

Inhale, exhale.

힘들거나 짜증나거나 스트레스 받을 때, 잠시 멈춰 서서 심호흡을 해보자.

How do you feel, now?

INHALE-
EXHALE-

봄에 부는 포근하고 따스한 밤바람.

그것만으로도 기분 좋아지는 시간.

레
몬
에
는

설
탕

"When life gives you lemons, make lemonade!"

설탕을 마구 부어주마!

Find your balance.

와인을 한잔 마셔볼까나.

물고기를 보는 두 가지 마음.

예쁘다···. 음······.
맛있겠다!

재채기를 하면 낯선 사람이더라도 옆에서 "Bless you!"라고 말해준다.
그러면 "Thank you"라고 해야 하는데,
처음에는 어찌나 어색하던지.

이제 "Thank you"는 잘 나오는데
내가 자진해서 "Bless you"라고 말하는 건 여전히 왠지 부끄러워.

내일이면 이산데 아직 짐은 산더미처럼 많이 남아 있고.
저걸 언제 다 싸지?

그냥 나도 같이
박스에 넣어서 보내줘요!

아무리 방콕, 집콕을 사랑하지만 그래도 아주 가끔은 어디론가 떠나고 싶긴 하다.
어디 가서 한 일주일 정도만 쉬다오고 싶다 생각하지만
생각은 생각일 뿐….

가지 못한다면 잠시 상상을 해볼까.

이곳은 파리다~ 런던이다~ 로마다~

날 따뜻해지면 돌아와서 온 동네 잔디밭이란 잔디밭은 다 헤집고 다니는 우리 동네 거위 떼들.
한 줄로 쭉 늘어서서 길 건너는 거 보면 참 귀엽다는 생각이 들다가도,
동네 강아지들한테 다가가서 공격하는 거 보면

완전 '동네 마피아'가 따로 없다.

THE
GUARD
↓

"그래도 저렇게 모여서 물 마시고 있는 건 귀엽네."

어
떤

수
영
복
이

좋
아
?

WOOL BATHING SUIT
AND STOCKINGS!

1920s

1930s

BIKINI!!

1940s

HULA-HOOP

1950s

시대별 수영복 스타일이 궁금해져서 찾아보았다.
아무래도 난 60년대 스타일이 맘에 드는 듯!

BAY WACH INSPIRED

1970s 1980s 1990s 2000s

너희들이 없었다면
이 세상은 어두웠을 거야.

뉴욕에 온 지 얼마 안 되었을 때
베이글의 종류에 놀라고,
크기에 한 번 더 놀라고,
그리고 거기에 발리는 크림치즈의 두께에 놀랐다.

처음에는 "저기…. 치즈 조금만 발라주세요"라고 소심하게 말하거나,
스스로 걷어내고 먹었지만….
지금은 바삭바삭 쫄깃쫄깃한 베이글에 얹힌 크림치즈에 푹 빠졌다.
그나마 요즘엔 속은 파내고 먹는데,
속을 파내고 구우니까 더 바삭바삭하고 맛있어졌다.

40대가 되면 먹지 말아야 할 음식 중에 하나라는데!
늦기 전에 열심히 먹어야지!

bagle

두툼! 쫀쫀! 바삭!

이거 다 먹으면
고지혈증으로
죽을지도 몰라.

치즈가 1인치는
되어야 제맛이지!

주섬

주섬

크림치즈

"나중엔 이렇게 될 수도…."

PLAIN BAGEL

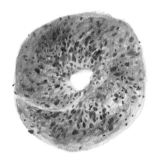

EVERYTHING

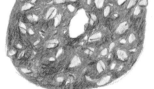

MULTIGRAIN

PUMPERNICKLE

BLACK SESAME

SPINACH

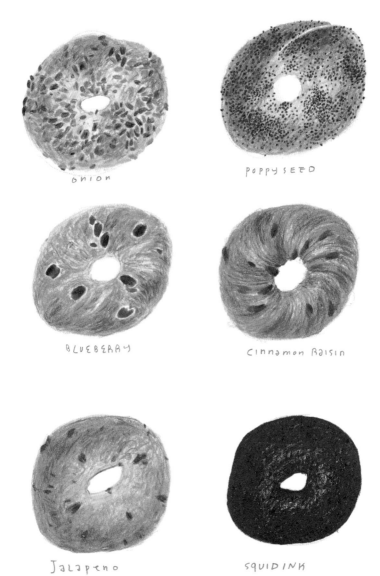

ONION

POPPY SEED

BLUEBERRY

Cinnamon Raisin

Jalapeno

SQUID INK

안녕? 난 뉴욕의 한 공원에 사는 다람쥐라고 해.
요즘 들어 나를 문제아 취급하는 뉴요커들이 좀 있어.
어떤 사람은 내가 자기가 가꿔놓은 토마토 텃밭 쪽을 기웃거린다고 불만이더라고.
근데 토마토가 너무 맛있는 걸 어떡해?

그래도 나 좀 귀엽지 않아?
특히 나의 오동통한 꼬리를 보면
내 매력에서 빠져나오기 힘들걸?

나는 착한 아이들의 집에 달걀, 사탕, 장난감을 담아 선물을 주는 부활절 토끼*야.
내 바구니에 알이 좀 있는데 몇 개 줄까?

* "부활절 계절이 시작될 때 부활절 토끼가 아이들을 위한 달걀을 가져온다는 독일 민담이 있다고 합니다."

KISSES

CADBURY MILK CHOCOLATE

FERRERO ROCHER EGG

EASTER.

KISSES

KISSES

LINDT LINDOR

GHIRADELLI

m&m

LINDT CHOCOLATE CARROT

TURTLE EGGS

LINDT EASTER GOLDEN BUNNY

REESE'S PEANUT BUTTER

GODIVA TRUFFLE

RIEGELEIN HOLLOW CHOCOLATE

EASTER BUNNY

저칼로리에 디톡스, 녹색채소 먹기, 샐러드, 몸에 좋은 스무디, 슈퍼푸드….
몸에 좋은 건 다 알고는 있지.

하지만 이 초콜릿,
너무 맛있는데?!

난 머리 아픈 생각은 애초에 시작을 안 하는걸?

크루아상 한 개 사서 들고 가는 출근길, 기분이 넘 좋다!
궁합이 젤 좋은 게 뭘까?
커피? 홍차?

생각하는 곰

"Don't dream TOO big?!"

꿈을 너무 크게 꿔버리면
후회할 가능성도 높아지니까.

mrfox.me

BUILDING A WEBSITE

MORE DRAWING

new year's RESOLUTION

Getting UP earlier

DO NOT STUFF FRIDGE

LESS

OPPING

READ MORE

SCRUB FOOT everyDAY!

#5 조금 더 특별한 날들

새해에는 새 옷과 새 속옷을 입어야 하고,
지갑엔 현금이 꼭 있어야 해.

그리고 포도 열두 알*.

*"포도 한 알이 1년의 한 달을 상징해서 열두 알을 먹으면 열두 달 내내 행운이 깃든다는 이야기가 있어요."

NEW YEAR
SUPERSTITIONS

따뜻해질까 말까 하는 겨울 끝자락,
같이 일하는 직장 동료랑 커피 수다 중~

* "groundhog가 겨울잠에서 깨어나 밖을 나왔을 때, 날이 흐리면 곧 봄이 오는 거라고 합니다."

날이 맑을 때 groundhog가 자기 그림자를 보게 되면
놀라서 다시 구멍으로 들어가는데,
이렇게 되면 겨울이 6주는 더 남은 거라고.

아직 안 되겠다!

아, 이건 정말 어딘지 모르게 미국스럽지 않고 너무 귀엽다!~
그럼 groundhog가 나올 때 다시 못 들어가게
그냥 잡고 있으면 안 되냐?

모든 선반이 핑크와 레드로 도배가 되는 날.
선반 꼭대기에 옹기종기 모여 앉아 간택되길 기다리는 거대 곰돌이들.

뭔가 비상대책 회의를 하고 있는 듯?
대체 무슨 말을 하고 있는 거야?

세인트 패트릭 데이*니
나도 좀 같이 껴서 즐겨볼까.

크리스피 크림에서 특별 출시한 초록색 도넛을 먹어보는 건 어때?
아니면 시원한 아이리쉬 맥주를 먹어볼까?

＊"세인트 패트릭 데이는 패트릭 성인을 기리며 열리는 축제로,
사람들은 그를 상징하는 녹색 옷과 녹색 장신구 치장을 하고 거리에 나섭니다."

공휴일인 독립기념일날 사람들에게
"뭐 할 거야?"라고 물어보면
다들 하나같이 "바비큐!"

불러주는 사람도 없고,
바비큐 해 먹을 뒤뜰이나 루프탑도 없고,
공원에 해 먹으러 가기도 귀찮으니,

그냥 집에서 스테이크나 한 장 구워야겠다.

추수감사절(Thanksgiving Day)

평상시에는 잘 지내다가도,
추수감사절에 여기저기 가족들끼리 모여
왁자지껄하는 소리를 들을 때면
문뜩문뜩 외롭다는 생각이 든다.

Diwali   Passover   Cinco de Mayo

이곳은 온갖 인종들이 세계 각지에서 몰려와 있으니 명절들도 정말 다양하다.
씽꼬 데 마요(Cinco de Mayo), 디왈리(Diwali), 하누카(Hanukkah) 등등….

Hamukkah   추석

이런 명절들이 다 공휴일이었으면 좋겠다는 건
나의 아주 작은 바람!

뉴욕에는 워낙 다양한 문화의 사람들이 모여 있다 보니까
"Merry Christmas" 대신에 "Happy Holidays"라고 하는 분위기.

선물을 주고받는 날은 언제나 행복해!

12월 31일 밤에는 무조건 집.
공 떨어지는 걸 보겠다고 타임스퀘어까지 나가는 건
정말이지 보통 멘탈로는 불가능한 일이야.

따뜻한 소파에 앉아 포테이토칩 먹으면서 텔레비전 생중계 보는 게 최고지.

먹고놀고자고ㄱ그램

❤ ○ ↗

Mr_Fox #오늘은_월급루팡 #자체휴일 #쇼핑을_해볼까
나 #결제완료

Mr_Fox ⋮

Mr_Fox #스팸_좋아 #따끈한_스팸과_밥 #스팸메일_
말고_먹는_스팸

Mr_Fox #그냥_즐거워도_돼 #먹고놀고자고 #이유가_없어도_괜찮아

국립중앙도서관 출판예정도서목록 (CIP)

오늘은 그냥 즐거워도 돼! : Mr. Fox의 #먹고놀고자고그램
/ 지은이: 김희겸. — 고양 : 위즈덤하우스 미디어그룹 : 위
즈덤하우스, 2018
   p. ;   cm

ISBN 979-11-6220-263-0 03810 : ₩13000

일러스트레이션[illustration]

657.5-KDC6
741.6-DDC23   CIP2018020904

오늘은 그냥 즐거워도 돼!

초판 1쇄 인쇄 2018년 7월 13일   초판 1쇄 발행 2018년 7월 20일

지은이 김희겸
펴낸이 연준혁

출판 1본부 이사 김은주
출판 1분사 분사장 한수미
책임편집 김소현
디자인 김준영
기획실 박경아

펴낸곳 (주)위즈덤하우스 미디어그룹   출판등록 2000년 5월 23일 제13-1071호
주소 경기도 고양시 일산동구 정발산로 43-20 센트럴프라자 6층
전화 031)936-4000   팩스 031)903-3893   홈페이지 www.wisdomhouse.co.kr

값 13,000원 ⓒ김희겸, 2018
ISBN 979-11-6220-263-0 03810